ABOUT HOOPOE BOOKS BY IDRIES SHAH

"…a series of children's books that have captivated the hearts and minds of people from all walks of life. The books are tales from a rich tradition of story telling from Central Asia and the Middle East. Stories told and retold to children, by campfire and candlelight, for more than a thousand years. Through repeated readings, these stories provoke fresh insight and more flexible thought in children. Beautifully illustrated."

NEA Today: The Magazine of the National Education Association

"These teaching-stories can be experienced on many levels. A child may simply enjoy hearing them, an adult may analyze them in a more sophisticated way. Both may eventually benefit from the lessons within."

Lynn Neary, 'All Things Considered,' NPR News, Washington

د آدریس شاه هوپو کتابونو په اړه:

"... د ماشومانو کتابونو لړۍ چې د ژوند هرې ساحې خلکو کې مینه وال لري. دا کتابونه د مرکزي آسیا او منځني ختیځ د کیسه ویوونکو غني کلتور کیسې دي. دا کیسې، د چکر اورځای څنډو او شمعو په رڼا کې، له زرګونو کلونو راهیسې بیا بیا ماشومانو ته بیانیږي. پر بیا بیا لوستلو، دا کیسې په ماشومانو کې نوی او ارتجاعي فکر زیږوي. ښکلي ښودلي او رسامي شوي."

NEA Today: The Magazine of the National Education Association

"دا ښوونیزه کیسې په څو پوړونو کې تجربه کیدای شي. ماشوم به یې له اوریدو خوند واخلي، مشر به یې په پیچلی طریقه وارزوي. دواړه به یې له شتو حکمتونو ګټه واخلي."

Lynn Neary, 'All Things Considered,' NPR News, Washington

ONCE UPON A TIME,

when the moon grew on a tree and ants were fond of pickles, there was a lovely brown fox.

و نه و، یو وخت چې سپوږمۍ په ونه شنه کیده او د میږیانو به له اچارو سره جوړه وه، یو ښایسته نسوارۍ رنګی ګیدړ و.

 He had soft fur,
beautiful whiskers,
and a fine, bushy tail.

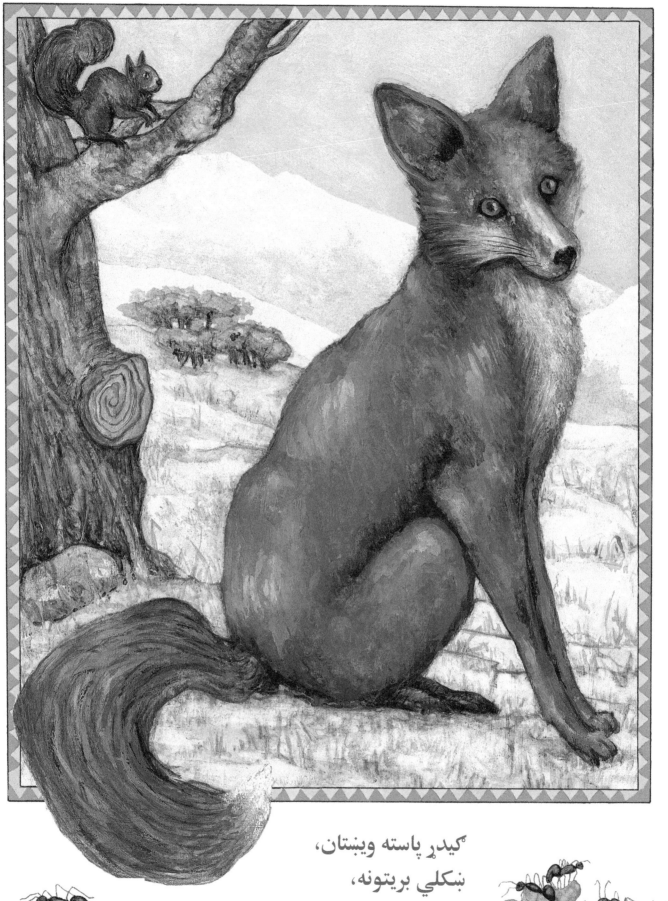

ګیدړ پاسته ويښتان،
ښکلي بريتونه،
او يوهِ ګلالۍ، ببره لکۍ درلوده.

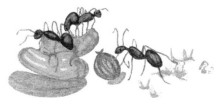

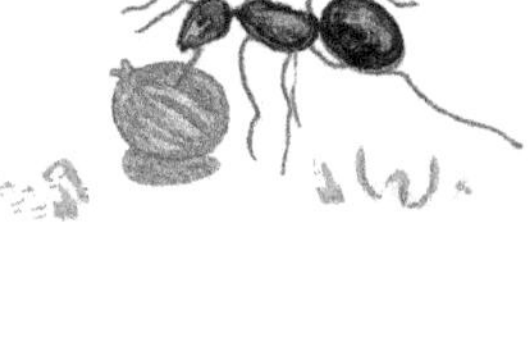

This fox, whose name was Rowba, was sitting beside a road one day, combing his whiskers with his claws, when a man came along.

"May you never be tired!" said the man.

"May you always be happy!" replied Rowba.

دا ګيدړ، چې نوم يې وړوکی و، يوه ورځ د سړک تر غاړې ناست و او په خپلو منګولو يې خپل بريتونه ږمنځول، چې يو سړی پرې راغی.

سړي وويل: "ستړی مه شې!"

وړوکي وويل: "خوښ اوسې!"

"I'm feeling generous today," said the man. "Is there anything you would like?"

"I would like a chicken," said Rowba, because foxes love to eat chickens.

سړي وويل: "زه غواړم تا ته يو څه درکړم، ستا څه خوښيږي؟"

ځنګه چې د ګيدړانو چرګان خوښيږي، نو وړوکي وويل: "ما ته يو چرګ راکړه."

"Come along with me, then, and I'll give you one!" replied the man. "I have chickens at my house. We'll go there, and you'll have your chicken in no time at all."

"How marvelous!" said Rowba. And he trotted down the road beside the man. When they got to the man's house, the man said, "Wait outside. I'll go to the yard in the back and get you one of my birds."

سړي ځواب ورکړ: "نو له ما سره راځه، زه به تا ته یو چرګ درکړم! زه په کور کې چرګان لرم. زه او ته به زما کور ته ولاړ شو او ډیر ژر به تا ته یو چرګ ورسیږي."

ورِوکي وویل: "ډېره ښه!" هماغه وو چې ځیرک د سړي تر څنګ په ځغستا روان شو.

کله چې د سړي کور ته ورسیدل، هغه ور ته وویل: "ته بهر انتظار کوه. زه به کور ته ننوزم او تا ته به یو چرګ راوړم."

So Rowba sat down to wait and
the man went into his house.

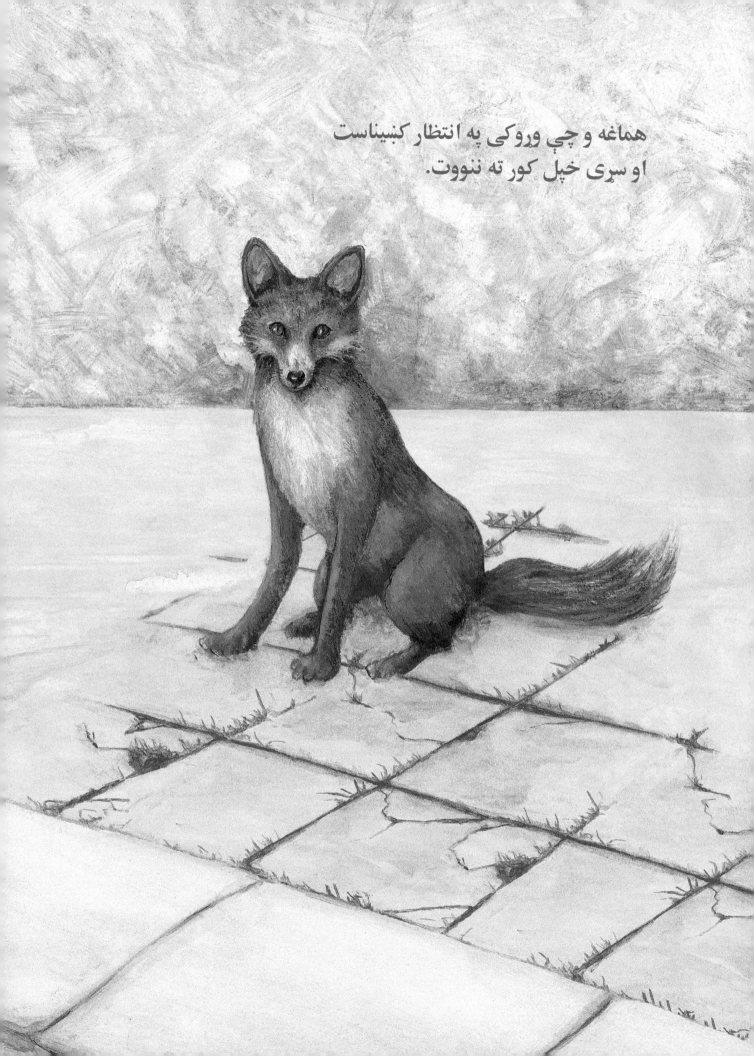

هماغه وچې وړوکی په انتظار کنبیناست
او سړی خپل کور ته ننووت.

Then the man took a sack and put some stones into it. You see, he was going to pretend there was a chicken in the sack. He wasn't really going to give a chicken to the fox at all!

سړي يوه کڅوړه را واخيسته او يو څو تيږې
يې په کې واچولې. هغه غوښتل يوازې داسې
وښيې چې په کڅوړه کې چرګ دی. د هغه
هيڅ زړه نه و چې ګيدړ ته به چرګ ورکوي!

When the man came out again, he handed Rowba the sack and said, "Here you are, there's a chicken in this sack."

"How wonderful!" said Rowba, and he was just about to open the sack to eat the chicken when the man said: "No! Don't open it here!"

"Why not?" asked Rowba.

"Well," said the man, "the farmers around here can see us, and they won't like my giving a chicken to a fox."

Of course, that wasn't true at all. The man just didn't want the fox to see that there were only stones in the sack.

کله چې سړی راووت، کڅوړه یې وړوکي ته ورکړه او ویې ویل: "دغه دی، په دې کڅوړه کې یو چرګ دی."

ځیرک وویل: "ځومره ښه!" او کله چې هغه غوښتل کڅوړه پرانیزي او چرګ وخوري، سړي پرې ورغږ کړ: "نه، نه! دلته یې مه پرانیزه!"

وړوکي وویل: "ولې به یې نه پرانیزم؟"

سړي ورته وویل: "دلته خو دې خلک ویني، او هغوی ته دا ښه نه ښکاریږي چې زه یو ګیدړ ته چرګ ورکړم."

معلومه ده چې دا خبره هیڅ رښتیا نه وه. سړي نه غوښتل چې ګیدړ دې په کڅوړه کې یوازې تیرې ووینې.

"What shall I do, then?" asked Rowba.

"Do you see those bushes up there?" asked the man, pointing. "Take the sack there and open it. Nobody will see you, and you can eat your chicken in peace."

"That's a good idea," said Rowba. "Thank you very much!"

وړوکي وپوښتل: "نبه نو زه څه وکړم؟"

سړي په لاس اشاره وکړه او ويې ويل: "هلته لرې هغه بوټي وينې؟ کښوړه يوسه او هلته يې پرانيزه. هلته به دې هيڅوک نه وينې، او خپل چرګ به په کراره وخورې."

وړوکي وويل: "دا ښه خبره ده، ډېره زياته مننه!"

And he trotted all the way to the bushes
carrying the sack in his mouth.

او کڅوړه یې په خوله کې واخیسته او په منډه منډه د بوټو خوا ته ولاړ.

As soon as Rowba crawled under the bushes, he opened the
sack and saw the stones inside. "Strange!" he muttered to himself.
"What kind of a funny joke is this?"

When he peeked out of the bushes, he saw that a net had fallen
over him. It was a trap! Some hunters had put a net there to catch
any fox that went into the bushes to hide.

کله چې وړوکي تر بوټو لاندې ننووت، کڅوړه يې پرانيستله، په هغې کې يې يوازې تيرې وليدې. له ځان سره يې وويل: "دا خو عجيبه ده! دا لاڅه ټوکه ده؟"

وروسته يې له بوټو بهر وکتل، که ګوري چې په هغه باندې يو جال غوړيدلی. دا يوه لومه وه! ځينې ښکاريانو هلته يو جال اچولی و ترڅو کوم ګيدړ چې په هغو بوټو کې پټيږي، ونيسي.

At first Rowba was worried because he thought he might not get out of the net. But he was very clever.

Foxes are very, very clever, you know. He searched through the stones in the sack and found one with a sharp edge. With this, he began to cut the net.

په پیل کې وړوکی
وارخطا شو او ګومان
یې وکړ چې هغه به
ونشي کړای له جال
څخه ووځي. خو
هغه ډیر هوښیار و.

تاسې به پوهیږئ
چې ګیدړان ډیر،
ډیر هوښیار دي.
هغه د کښوړې
تیرې وپلټلې او یوه
تیره تیږه یې په کې
وموندله. د تیږې په
مرسته یې د جال په
غوټولو پیل وکړ.

He cut a hole big enough for his left front paw to fit through.

He cut some more, and soon the hole was big enough for his left and his right front paws to fit through.

لومړی یې په جال کې دومره سوری جوړ کړ چې یوازې
یوه پښه یې ورڅخه ایستلای شوای.

بیا یې جال یو څه نور غوځ کړ او سوری دومره شو چې
د هغه د مخې پښې دواړه ورڅخه وتلې.

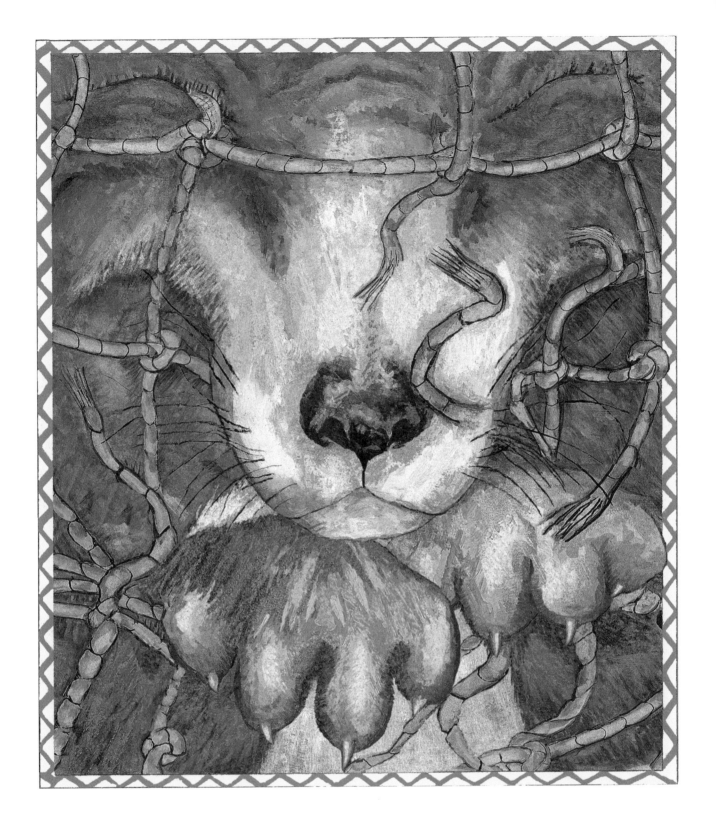

He cut still more, and soon the hole was big enough for his two front paws and his nose to fit through. He kept on cutting, and soon the hole was big enough for his front paws, his nose and the rest of his head to fit through.

جال يې نور هم غوڅ کړ او سوری دومره شو چې د ګيدړ شونډک او د
مخې دواره پنبې ورڅخه وتلې.

وروکی همداسې د جال په غوڅولو لګيا و او سوری دومره غټ شو چې
اوس يې شونډک، سر او د مخې پنبې ټولې ورڅخه وتلې.

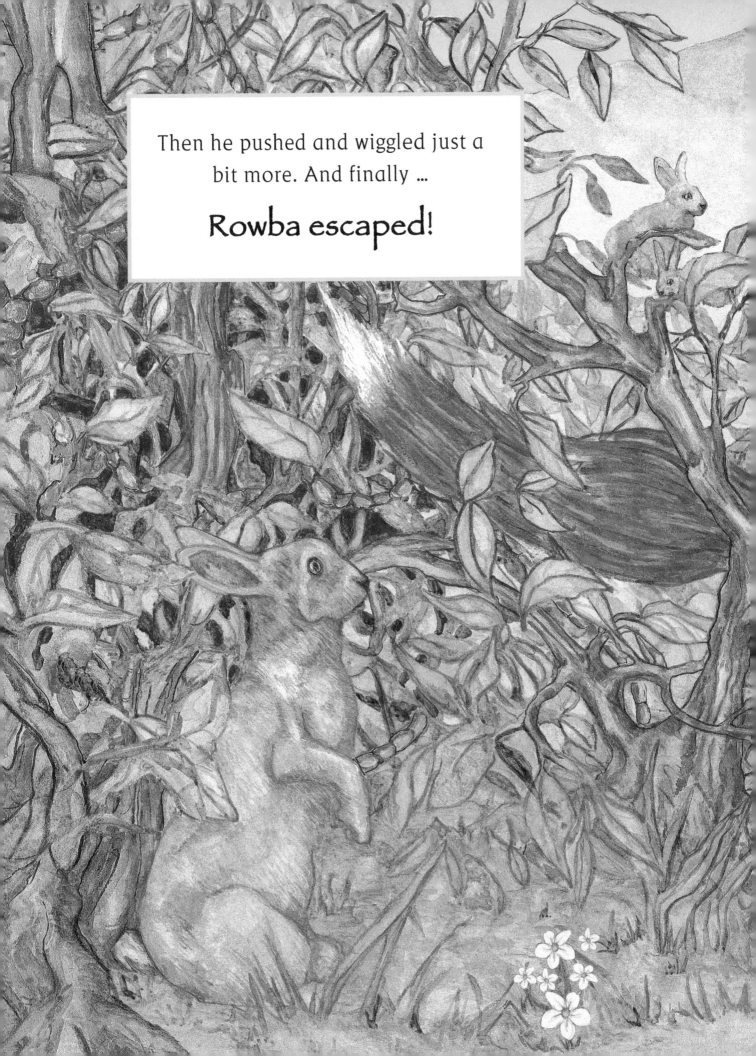

Then he pushed and wiggled just a bit more. And finally ...

Rowba escaped!

هغه ځان ته ټکان ورکړ، لږ څه نور
وخوځید را وخوځید، او بالاخره ...

وړوکی وتښتید!

As Rowba ran off down the road, he laughed and laughed and laughed.

"Men may think they are clever," he said to himself, "but foxes are cleverer still!"

وړوکي چې په سړک منډې وهلې، خندل يې او خندل يې او خندل يې.

له ځان سره يې ويل: "سړيو ته ځانونه ډير هوښيار ښکاريږي، خوګيدړان تر دوی هم ډير هوښيار دي!"

Now, all foxes know the story of Rowba and the man who promised him a chicken. And that is the reason why, whenever you see a fox, if you ask him to come for a walk with you, he won't.

And that is why it is very, very difficult to catch foxes and why they live such a free and happy life.

اوس ټولو ګیدړانو ته د وړوکي او هغه سړي کیسه چې د چرګ وعده يې ورسره کړې وه، معلومه ده. او له همدې کبله، کله چې ته یو ګیدړ ووینې، او هغه ته ووایې چې راځه له ما سره چکر ووهه، هغه له تا سره نه ځي.

له همدې کبله د ګیدړانو نیول ډېر ګران کار دی او دوی آزاد او خوشاله ژوند تیروي.

FUN PROJECTS FOR HOME AND SCHOOL

CREATE PUPPETS WITH YOUR CHILDREN AND RETELL THIS STORY TOGETHER

VISIT OUR WEBSITE AT:

http://www.hoopoebooks.com/fun-projects-for-home-and-school

for a free downloadable Teacher Guide to use with this story, as well as colorful posters and step-by-step instructions on how to make Finger Puppets, Paperbag Puppets, and Felt Characters from this and other titles in this series

د کور او ښوونځي لپاره د ساعتيرئ پروژه

له خپلو ماشومانو سره لاسپوڅي جوړ او يوځای کيسې بيا بيان کړئ زموږ ويبپاڼې ته ولاړ شئ:

http://www.hoopoebooks.com/fun-projects-pashto

تر څو د ښوونکي لارښود وړيا نقل، او همداسې د ګوتو او کاغذي پاکټونو لاسپوڅو او felt کرکټرونو/ لوبغاړي راکوز (ډاونلوډ) کړئ، چې له دې او دې لړئ نورو کتابونو ګام په ګام پرمختګ سره يوځای کاريدلی شي.

HOOPOE®

www.hoopoekids.com

HOOPOE BOOKS BY IDRIES SHAH

د هوپو کتابونه لیکونکی ادریس شاه

The Farmer's Wife	د بزگر ښځه
The Lion Who Saw Himself in the Water	هغه زمری چې خپله څیره یې په اوبو کې ولیده
The Silly Chicken	مسخره چرگ
The Clever Boy & the Terrible, Dangerous Animal	هوښیار هلک او داړونکی ځناور
The Old Woman and the Eagle	بوډۍ او گوربت
The Boy Without a Name	بی نومی هلک
The Man and the Fox	سړی او گیدړ
Neem the Half-Boy	نیم هلک
Fatima the Spinner and the Tent	تاوونکې فاطمه او کیږدۍ
The Magic Horse	جادويي آس

For the complete works of Idries Shah visit:

www.idriesshahfoundation.org

د ادریس شاه د بشپړ اثارو لپاره له دې
پاڼې لیدنه وکړی:

www.idriesshahfoundation.org

9 781944 493585